LA

DERNIÈRE-LETTRE

D'UN

VIEUX CURÉ

Hæc et olim meminisse juvabit...

———⁓⁓⁓———

ANNECY

IMPRIMERIE DE CH. BURDET

——

1874

LA

DERNIÈRE LETTRE

D'UN

VIEUX CURÉ

Hæc et olim meminisse juvabit...

ANNECY

IMPRIMERIE DE CH. BURDET

1874

L'auteur de ce poëme s'est proposé d'être utile aux jeunes écoliers, en encadrant, dans l'intérêt d'un récit dramatique, le tableau des écueils et des devoirs de leur âge. C'est dans la même pensée, et encouragé par une mention honorable de l'Académie de Savoie, qu'il offre aujourd'hui son travail au public et principalement aux élèves de nos maisons d'éducation.

LA

DERNIÈRE LETTRE

D'UN

VIEUX CURÉ

« C'en est trop : ta colère a trahi ta justice ;
Pour frapper un insecte, ô puissant Roi des rois !
Faut-il donc que si lourd ton bras s'appesantisse ?
Peut-il rester encor du fiel dans ton calice
    Et des flèches dans ton carquois ?

Ah ! pourquoi m'as-tu fait une âme de poète,
Un cœur de jeune fille et des goûts de seigneur,
Quand tu voulais ainsi déchaîner sur ma tête
De faim, d'ennuis, d'affronts, une triple tempête ?...
    Suis-je un jouet pour ta fureur ?

Du moins, en me tordant sous ton pied qui me broie,
Je puis, je veux le mordre et rugir contre lui.

Sous la dent du lion, c'est le droit de la proie.
Jour et nuit, de Satan, c'est l'infernale joie :
  Ce sera la mienne aujourd'hui.

Je le sais, à ta rage il faut que je succombe,
Dieu cruel, tu seras toujours plus fort que moi.
Mais on ne dira pas que sous tes pieds je tombe,
Ni que ton bras d'airain m'a couché dans la tombe :
  Je saurai m'y jeter sans toi.

Viens, du désespéré, viens, suprême ressource,
Remède à tous les maux, magique révolver !
Mes jours coulent trop noirs ; viens en tarir la source,
Et s'ils doivent ailleurs éterniser leur course,
  Que m'importe ! Enfer pour enfer. »

Ainsi, dans son délire, au fond d'une mansarde,
Un jeune homme parlait, l'arme fatale en main.
Dans l'âtre un feu mourant, de sa lueur blafarde,
Montre ses traits maigris par le vice et la faim.
Ses doigts se sont crispés sur le fer homicide,
Et la mort aux aguets n'attend plus qu'un effort,
Quand un jet lumineux, comme un éclair rapide,
Arrive à son regard et désarme la mort.
Aux mains des créanciers seule épave échappée,
Un médaillon d'argent pendait encore au mur ;

D'un rayon du foyer sa surface frappée
Traçait un blanc sillon dans le réduit obscur.
A l'âme qui fait mal l'épouvante est facile :
Le jeune homme est troublé : l'arme échappe à sa main :
Il se lève en sursaut, marche d'un pas fébrile,
Saisit le médaillon, et, rassuré, soudain,
Revient s'asseoir à l'âtre, en ravive la flamme,
Et regarde : un cœur peint ; deux minces anneaux d'or
Encadrés dans un nœud de blonds cheveux de femme,
Tels étaient les joyaux de cet humble trésor.
Par un ruban poudreux soigneusement liée,
Une lettre doublait le fond du médaillon,
Où deux lustres entiers la tenaient oubliée.
Le jeune homme l'ouvrit. (Céleste vision !
C'était là que la grâce attendait sa conquête.)
Comme ses yeux émus dévoraient le papier,
Au ciel, de son retour on préparait la fête :

« Ce n'était pas à moi d'écrire le premier ;
Mais mon cœur n'y tient plus ; un noir penser l'oppresse :
Est-ce d'un cœur sénile excessive tendresse,
Pressentiment fatal ou rêve de vieillard ?
Je ne sais, mon cher Paul ; mais, depuis ton départ,
En deux moitiés, ce semble, on a brisé mon âme :
L'une s'éteint ici comme un reste de flamme ;
L'autre tu me l'as prise ; elle a suivi tes pas ;

Elle les suit partout, aux classes, aux repas,
Au dortoir, à l'étude, aux jeux, à la prière,
Je vis à tes côtés plus qu'à mon presbytère.
Cette vie en deux parts ne peut durer longtemps,
Lorsqu'on a comme moi soixante-dix-huit ans.
Je le prévoyais bien, le jour de ta rentrée,
Quand tu vins m'embrasser, et quand, l'âme serrée,
Je traçai sur ton front le signe de la croix ;
Quelque chose me dit : C'est la dernière fois.
Pour toi j'offris alors l'auguste sacrifice ;
Mais, malgré moi, des pleurs tombaient sur le calice,
En ne t'entendant plus me répondre à l'autel,
Ma prière semblait monter moins vite au ciel :
« O mon Dieu, m'écriai-je, achevez ma carrière :
« Je vous suis désormais inutile sur terre :
« Mes yeux sont trop usés pour être vigilants,
« Et la houlette tremble en mes bras défaillants.
« Si vous aimez mon peuple, ah ! prenez-lui son guide !
« Je le sais, de mon Paul je dois être l'égide ;
« Sa mère et vous, Seigneur, me l'avez confié ;
« Mais, du ciel où j'attends quelque trône oublié,
« L'aiderai-je pas mieux qu'en cette pauvre vie ? »
Dieu m'entendit, je crois. La messe fut suivie
D'une paix onctueuse où surnagea plus fort
L'espoir calme et certain d'une prochaine mort.
Grâce à Dieu, tout est prêt pour ce dernier voyage :

Les pauvres ont déjà touché mon héritage,
Et ce pli, pour tout legs, emporte à mon neveu
Des conseils, une image et mon suprême adieu.
Conserve-le pourtant, ce legs de ma misère :
Peut-être un jour, semblable au grain perdu sous terre,
Il produira ses fruits. — Paul, écoute-moi bien :
Je vais laisser mon cœur s'épancher dans le tien :
  Unique rejeton de ma pauvre famille,
Orpheline, sans pain, timide jeune fille,
Ta mère sous mon toit dut chercher un abri.
D'un frère bien-aimé fille et portrait chéri,
Sa candeur embauma dix ans mon presbytère ;
Et quand j'unis son sort à celui de ton père,
Ma main qui les bénit dut essuyer mes pleurs.
Ah ! Dieu me réservait de plus cruels malheurs.
Un soir, c'était minuit : on frappe à ma fenêtre.
« Un homme va mourir : un prêtre, vite un prêtre. »
Je vole au tabernacle, et, mon Dieu dans les mains,
Le flambeau de mon guide éclairant les chemins,
J'arrive haletant. Oh ! déchirante scène !
Entouré des vapeurs de sa brûlante haleine,
Noirci par le typhus, ton père agonisait.
Sur le même grabat son épouse gisait.
Prise du même mal, elle entrait en délire,
Et pressait dans ses bras, avec un doux sourire,
Un fils que la douleur venait de lui donner.

J'étouffais. Dieu m'aida : je sus me dominer :
Sur les deux moribonds levant ma main tremblante,
Dirigeant leurs regards sur l'image sanglante
D'un Christ pendant au mur, je les bénis tous deux.
La foi les ranima : d'un éclair de leurs yeux,
Je les vis demander la sainte Eucharistie :
Chacun eut une part de la divine Hostie.
Ils se prirent les mains comme au pied de l'autel,
Et moururent en Dieu pour vivre ensemble au ciel.
Tous deux, le lendemain, bercés par ma prière,
A l'ombre de la croix, dormaient au cimetière ;
A leur glas succédait un joyeux carillon :
Je baptisais leur fils... et Paul était son nom.
A présent, comprends-tu, mon Paul, pourquoi je t'aime ?
Voix de l'âge et du sang, parenté du baptême,
Délaissement, misère, ah ! c'est là trop d'attraits :
Un cœur sacerdotal n'y résiste jamais.
Aussi, combien de fois, quand ton intelligence
Perçait avant le temps les ombres de l'enfance,
Aussi fier qu'une mère et songeur comme un vieux,
Je me suis pris à dire, en admirant tes yeux :
« Il ira son chemin, le petit, laissez faire !
« C'est un Bridaine en herbe, il sera mon vicaire.
« Vous viendrez, paroissiens, entendre ses discours,
« Et vous ne direz plus qu'au prône on dort toujours.
« Le voyez-vous déjà... » Mais à quoi bon te dire

Ces rêves insensés d'un vieillard en délire ?
Quand mon Paul sera prêtre (est-ce qu'il le sera ?)
Son oncle au champ des morts sous l'herbe dormira.
Et puis m'appartient-il de te marquer d'avance
Le lit où doit plus tard couler ton existence ?
L'homme peut-il tracer un sillon aux éclairs ?
Et quand Dieu lance une âme au seuil de l'univers,
Quel mortel peut lui dire : ô divine étincelle !
Voilà ta route, pars : c'est là que Dieu t'appelle ?
Dieu seul révèle et fixe à chacun son destin.
L'âme droite qui prie entend l'appel divin :
Les lumières d'en haut lui découvrent ses voies :
La grâce la conforte, et de célestes joies
L'assurent qu'elle marche où la veut son Auteur.
Mon cher enfant, prière et droiture de cœur,
Telle est la double loi qui s'impose au jeune âge,
S'il ne veut, au début de son pèlerinage,
Sans but et sans boussole, errant au gré du vent,
Sur le premier récif échouer tristement.

Mais à quoi servirait que Dieu, de sa lumière
Éclairant ton chemin, dessine ta carrière,
Si tes pieds chancelants ne savent y courir,
Si ton âme amollie au souffle du plaisir,
Par de mâles efforts ne s'est jamais formée
Aux combats incessants dont la vie est semée ?

As-tu vu dans nos champs, aux beaux jours de juillet,
Se mêler aux faucheurs un jeune freluquet ?
Chapeau bas ! c'est le fils du seigneur du village,
Qui se fait moissonneur pour un jour. A l'ouvrage !
Les robustes fermiers volent, la faux en main,
Et mille flots d'épis ont doré le terrain,
Qu'à soulever sa faux déjà perdant haleine,
Le seigneur n'en peut plus et renonce à la peine ;
Ses bras n'étaient point faits à ce rude labeur ;
Ce n'est pas au salon qu'on devient moissonneur.
De même ce n'est point en berçant la jeunesse
Entre les bras lascifs d'une oisive mollesse
Qu'on prépare à l'État de mâles citoyens,
Des soldats à l'armée, au pays des chrétiens.
Ah ! qui nous les rendra, ces jours dignes de Rome,
Où nos pères savaient d'un enfant faire un homme?
Nous couchions sur la dure et mangions du pain noir ;
Mais nos cœurs se courbaient sous le joug du devoir,
Et si nous ignorions ce qu'aujourd'hui tous savent,
Nons savions respecter ce qu'à présent tous bravent :
Dieu, nos parents, l'État, la patrie et la loi ;
Et quand, je m'en souviens, l'armée en désarroi,
Pour reformer ses rangs enterrés sous les neiges,
Vint chercher des soldats au fond de nos colléges,
Sans peur, tranquillement, comme on change d'outil,
Nous laissâmes la plume et prîmes le fusil.

Demande à Waterloo si ton oncle y fut lâche.
La paix faite, chacun vint reprendre sa tâche,
Et plusieurs, imitant ton vieil oncle curé,
Changèrent leur shako contre un bonnet carré.
Franchement, en voyant, des modernes écoles,
S'échapper par essaims des fanfarons frivoles,
Savants dans tous les arts, hors celui d'obéir,
Sceptiques de quinze ans, ne croyant qu'au plaisir,
Doutant de tout, sauf d'eux, blâmant tout, sauf leurs vices,
Incapables d'efforts, vierges de sacrifices,
Je conjure le Ciel d'apaiser l'Allemand ;
Car si, pour sa revanche, il prenait ce moment,
Comme aux champs de Rosbach, il n'aurait pour barrière
Que des faquins musqués, gonflés de bonne chère.

Paul, tu ne connais point ce type dégradé ;
Tu vis dans un abri soigneusement gardé,
Où ce souffle énervant ne règne point encore.
A l'ombre des autels, ton regard voit éclore,
Dans un groupe choisi, de robustes vertus.
La croix pour étendard, pour modèle, Jésus,
Contenu par le frein d'un règlement sévère,
Sous les mains et les yeux de maîtres qu'on révère,
Une heureuse habitude, autant que le devoir,
Forment l'âme au courage et l'esprit au savoir.
Mais, hélas ! tu le sais, même dans mon parterre,

Souvent, malgré mes soins, une courtilière,
Pénétrant sourdement par ses tunnels secrets,
Vient manger mes semis et tuer mes œillets.
Tel, même dans l'Eden où ta vertu s'abrite,
Vient parfois se glisser un infâme hypocrite.
Puissé-je, en quelques traits, te le peindre si bien,
Que jamais ton bon cœur ne s'abandonne au sien.
Tu le reconnaîtras à l'œil cerclé de bistre,
Tour à tour mielleux, passionné, sinistre ;
Sournois devant le maître et, loin de lui, frondeur,
Il ourdit la cabale et s'en fait le meneur ;
Les plans sont déjoués, mais il sait l'art de feindre :
Le châtiment éclate et seul ne peut l'atteindre.
Jamais pris sur le fait, soupçonné constamment,
Des maîtres aux abois, c'est l'éternel tourment.
Nul ne peut le hanter sans respirer le vice,
Et sans en devenir ou victime ou complice.
Du trop plein de son cœur coulent d'immondes flots,
De cyniques lazzis et d'obscènes propos.
Garde-toi bien d'ouvrir les billets qu'il te jette,
Ou les livres qu'il fait circuler en cachette.
O romans infernaux, perfides enchanteurs,
Qui dira le venin que distillent vos fleurs ?
Comme, au printemps, la neige étend sur la crevasse
Un pont qui, sous le poids du touriste qui passe,
S'effondrant tout à coup, le perd sous le glacier ;

Telle aujourd'hui ta plume, ignoble romancier,
D'un style séduisant recouvre les abîmes
Où le vice et l'enfer attendent tes victimes.
Paul, veux-tu conserver dans ton cœur innocent
La paix et la candeur qui l'ornent à présent ?
De ces livres maudits abhore la lecture,
Et fuis des libertins la compagnie impure.
Charitable envers tous, s'il te faut des amis,
Choisis-les travailleurs, pieux, francs et soumis.
Prends part aux jeux communs : tantôt, d'une main **ferme,**
Fais bondir du ballon l'élastique épiderme ;
Tantôt, vas provoquer le plus léger coureur
Sus ! vole et dans son camp pose ton pied vainqueur.
En hiver, les patins, la joyeuse glissade
Ou bien, mieux cadencés qu'un pas de cavalcade,
D'un quadruple escadron les pieds s'entrechoquant,
Chassent en un clin d'œil le froid le plus piquant.
Vivent ces vieux ébats où chacun à sa place !
Le corps s'y fortifie et l'esprit s'y délasse.
Qualités et défauts, tout s'y montre au grand jour,
Et c'est là qu'ajoutant et limant tour à tour,
Le contact mutuel polit les caractères.
Mais laissons-là les jeux. Des leçons plus austères
Doivent, en terminant ce trop long entretien,
Résumer tes devoirs d'élève et de chrétien.
Le code en sera bref : Travaille, — obéis, — prie.

Travaille. — L'eau qui dort au fond de la prairie
Perd vite sa fraîcheur et sa limpidité :
Ainsi l'adolescent perd dans l'oisiveté
La fraîcheur de l'esprit, le calme et l'innocence.

Obéis. — Le devoir sera ta jouissance
Quand tu sauras pour Dieu l'accepter humblement ;
Ce n'est point s'immoler qu'obéir en aimant.
A tous, dit l'Esprit-Saint, bonne est la discipline,
Heureux qui sous son joug de bonne heure s'incline.

Prie. — Ah ! puisse ma plume, avant de se briser,
Pour écrire ce mot, au ciel aller puiser
Une goutte du nard dont s'enivrent les anges.
Comme l'air qui t'anime et le pain que tu manges,
C'est la prière, Paul, qui doit te soutenir ;
Par elle ta faiblesse au Dieu fort doit s'unir,
Et ton cœur secouant la fange de la terre
Doit respirer des cieux la divine atmosphère.
Si le joug du devoir t'écrase ou te meurtrit,
La prière d'un mot le change en croix du Christ ;
Elle te transfigure en Simon de Cyrène,
Jésus t'aide et l'amour fait oublier la peine.
Prie et ton avenir ne m'alarmera plus.
As-tu vu tournoyer nos chênes chevelus
Sous l'efford furibond d'un ouragan d'automne ?

Chaque rameau frémit, chaque feuille frissonne,
Le tronc même se tord et semble s'élancer
Au pôle où la rafale en vain croit le pousser ;
Mais, bravant des autans les fureurs déchaînées,
Ses racines au sol demeurent cramponnées.
Tel, si, dès ton jeune âge, en priant le Seigneur,
Tu sais dans son amour enraciner ton cœur,
Des orages, plus tard, pourront courber ta tête,
Ils ne l'abattront point.. Surmontant la tempête,
Ta vertu renaîtra de ta foi de quinze ans.

Aussi, Paul, à mes yeux, les plus riches présents
Ne te sauraient valoir le legs que je t'adresse :
Deux anneaux, liens sacrés de la chaste tendresse,
Qu'à mes pieds, tes parents se jurèrent jadis,
Et qui veille sur toi du haut du paradis ;
Puis, dorés et soyeux, des cheveux de ta mère ;
Déjà, sans les connaître, à son heure dernière,
Tes mains les ont touchés en jouant sur son front.
Regarde-les souvent ; toujours ils te diront :
Enfant, comme ta mère, aime, travaille et prie.
Écho mâle et divin de cette voix chérie,
Je veux qu'une humble image aille aussi te parler :
C'est le Cœur de Jésus. Aime à le contempler.
Quand la loi du Seigneur te semblera trop dure,
Vois ces flots empourprés jaillir de sa blessure.

Ah! pour servir un Dieu meurtri, broyé pour toi,
Est-ce trop des combats que t'impose la foi ?
D'ardentes passions si ton âme bouillonne,
Vois, autour de ce Cœur, la sanglante couronne ;
Fais-en comme un rempart qui défende tes sens
Des assauts du dehors et des feux du dedans ;
Et si Dieu te fait peur ; si, timide ou coupable,
Sa splendeur t'éblouit, sa majesté t'accable,
Ne le vois plus trôner le tonnerre à la main ;
Ne vois plus que son cœur de chair comme le tien,
Tout pantelant d'amour. Que peux-tu craindre encore?
Il ne peut contenir le feu qui le dévore,
Il veut t'en embraser. Ah ! ne recule pas.
Alors même qu'un jour tu verrais sous tes pas
Du sombre désespoir s'entr'ouvrir les abîmes,
Courage. Plus puissant que la voix de tes crimes,
Son sang désarmerait tous les cieux en fureur.
Les foudres du Très-Haut s'éteignent dans ce Cœur.
Je te laisse, mon Paul, ce doux Cœur pour asile,
Et, comme Siméon, je vais mourir tranquille.
Je t'embrasse d'ici comme je t'aime en Dieu.
A nous revoir au ciel. Adieu, mon Paul, adieu. »

Quand, dans un jour d'été, l'atmosphère brûlante
Roule en épais flocons des nuages blafards,
Quand, déchirant leur sein, la foudre étincelante

Dessine au firmament mille sillons épars,
La terre attend, d'effroi muette et recueillie.
Tout à coup un vent frais condense la vapeur,
La tempête se change en bienfaisante pluie ;
Tel, au fort de l'orage éclaté dans son cœur,
Paul, à cette lecture, est baigné de ses larmes ;
Avec elles, l'espoir rentre en son cœur flétri.
Nouveau Saul, à la grâce il rend soudain les armes,
Et, tombant à genoux, il jette au ciel ce cri :

« Gloire à toi, Cœur divin : Je t'adore, je t'aime.
Ta bonté m'a vaincu. Sur moi règne à jamais !
Tu brises les liens du pécheur qui blasphème,
Un pardon généreux est ton cri d'anathème.
    Tu te venges par tes bienfaits.

Dix ans contre ta grâce a lutte ma malice,
Plus tu me poursuivais, plus j'ai fait pour te fuir.
Il t'a fallu frapper pour m'arracher au vice ;
O mon Dieu ! de ces coups j'accusais ta justice.
    C'est ton cœur qu'il fallait bénir.

Mes délais n'ont jamais pu lasser ta clémence,
Elle a, pour me dompter, cherché d'autres secrets :
Suaves souvenirs d'une innocente enfance,
D'une voix vénérée, entraînante éloquence,
    Cœur divin ! voilà tes attraits.

Et c'est toi, Dieu d'amour, toi que j'ai pu maudire,
Toi, le Dieu de ma mère! ah! de grâce, pardon !
Périsse pour toujours cette heure de délire.
Ah ! je veux l'effacer dans le sang du martyre ;
    Laisse-moi voler au Japon.

J'irai m'agenouiller sur la tombe du prêtre,
Dont trop longtemps, hélas ! j'ai méconnu la voix ;
De son zèle en mon cœur je sens le feu renaître,
Païens ! courbez vos fronts : Au nom du Christ, mon maître,
    Chez vous, je vais planter la croix ! »

30 avril 1873.

Annecy. — Impr. Ch. Burdet